HÉSIODE ÉDITIONS

ARTHUR CONAN DOYLE

Une momie qui ressuscite

Hésiode éditions

© Hésiode éditions.

1 rue Honoré - 93500 Pantin.
ISBN 978-2-38512-148-8
Dépôt légal : Janvier 2023

Impression Books on Demand GmbH

In de Tarpen 42
22848 Norderstedt, Allemagne

Une momie qui ressuscite

I

On ne pourra peut-être jamais formuler un jugement définitif et absolu sur ce qui s'est passé entre Edward Bellingham et William Monkhouse Lee, et sur la cause de la grande frayeur d'Abercrombie Smith.

Certes, nous avons le récit complet et clair de Smith lui-même, qui paraît corroboré par les témoignages du domestique Thomas Styles, du Révérend Plumptree Peterson, membre de la vieille Université et d'autres personnes qui, par hasard, ont assisté à tel ou tel incident, de ce singulier enchaînement d'événements.

Cependant, dans sa partie principale, la responsabilité incombe à Smith seul et le plus grand nombre des lecteurs penseront qu'il est plus vraisemblable d'admettre qu'un cerveau, quoique sain en apparence, ait eu quelque lacune dans sa texture ou dans son fonctionnement quelque défaut étrange, plutôt que de croire que la nature soit sortie de ses voies, en plein jour, dans un centre d'enseignement et de lumière aussi réputé que l'Université d'Oxford.

Si cependant nous songeons combien ces voies de la nature sont étroites et détournées, quelle faible lumière y projettent toutes les lampes de notre science, lorsque nous voulons les élucider, comment des ténèbres qui les environnent, de grandes et terribles possibilités surgissent vaguement, qui se perdent dans l'ombre, bien hardi et bien confiant sera l'homme qui prétendra limiter les étranges sentiers où l'esprit humain peut errer.

Dans une aile de ce que nous appellerons le vieux collège d'Oxford, il est une tourelle d'angle qui remonte à une époque fort ancienne.

L'arche pesante qui surmonte la porte ouverte s'est affaissée au centre, sous le poids des ans, et les blocs de pierre grise, tachés de lichens, sont liés et noués ensemble par des sarments et des cordons de lierre, comme si la vieille mère nature s'était efforcée de les fortifier contre le vent et les intempéries.

De la porte, part un escalier de pierre qui s'élève en spirale, franchit deux paliers, et s'arrête à un troisième.

Les marches sont déformées et creusées par le passage de tant de générations de chercheurs de science.

La vie a coulé comme de l'eau, du haut en bas, de cet escalier tournant, et, comme l'eau, elle a laissé des sillons polis par l'usure.

Depuis les écoliers pédantesques, vêtus de longues robes, du temps des Plantagenets, jusqu'aux femmes élégantes du siècle dernier, quel beau flux de vie anglaise.

Que reste-t-il maintenant de tous ces espoirs, de tous ces efforts, de ces énergies puissantes, sauf çà et là, dans quelque cimetière du vieux monde, quelques mots sur une pierre et parfois une poignée de poussière dans un cercueil vermoulu.

Cependant, voici l'escalier silencieux, le vieux mur gris, puis des bandes, des devises et d'autres inventions héraldiques que l'on peut encore déchiffrer sur sa surface comme des ombres grotesques jetées derrière eux par les jours passés.

II

Au mois de mai de l'année 1884, trois jeunes gens occupaient les appartements qui ouvrent sur les différents paliers du vieil escalier.

Chaque appartement consistait simplement en une salle et une chambre à coucher, tandis que les pièces correspondantes du rez-de-chaussée étaient utilisées, l'une comme dépôt de charbon, et l'autre comme chambre d'habitation du domestique, Thomas Styles, dont la tâche était de servir les trois hommes qui vivaient au-dessus de lui.

À droite et à gauche, il y avait une série de salons de lecture ; de sorte que les habitants de la vieille tour jouissaient d'un certain isolement, qui faisait particulièrement goûter ces chambres parmi les élèves non gradués, les plus studieux.

C'était le cas des trois jeunes gens qui les occupaient à cette époque : Abercrombie Smith en haut, Edward Bellingham au-dessous de lui, et William Monkhouse Lee à l'étage inférieur.

À dix heures, par une belle nuit de printemps, Abercrombie Smith, assis dans son fauteuil, les pieds sur les chenets, fumait sa pipe de racine de bruyère.

Sur un siège semblable, également à son aise, s'étalait de l'autre côté de l'âtre, son vieux camarade d'école, Jephro Hastie.

Les deux hommes étaient habillées de flanelle, car ils avaient passé l'après-midi sur la rivière ; mais, costume à part, qui eut examiné leurs traits accentués, leur visage alerte, les eut reconnus sans peine pour des hommes de plein air, des hommes dont l'esprit et les goûts allaient naturellement à tout ce qui est viril et robuste.

Hastie, certes, était le premier aviron de son collège, et Smith le meilleur rameur, mais son examen très proche projetait son ombre sur lui et le retenait au travail, sauf quelques heures par semaine, diversion indispensable à sa santé.

Un amoncellement de livres de médecine sur la table, quelques ossements éparpillés, des modèles, et des gravures d'anatomie, indiquaient l'étendue et la nature de ses études, tandis qu'une paire de cornues et des gants de boxe, au-dessus de la cheminée, montraient par quels moyens, avec l'aide d'Hastie, il pouvait faire de l'exercice sur place, et dans l'espace de plus réduit.

Ils se connaissaient admirablement l'un l'autre, si bien qu'ils pouvaient maintenant rester assis dans ce silence apaisant qui est le plus haut développement de la camaraderie.

– Voulez-vous du whisky ? demanda enfin Abercrombie Smith entre deux bouffées de fumée. Il y a de l'écossais dans la carafe et de l'irlandais dans la bouteille.

– Non merci. Je suis venu pour les crânes. Je ne prends pas d'alcool lorsque je travaille ; et vous ?

– Je suis plongé dans mes lectures. Je pense qu'il vaut mieux m'en tenir là…

Hastie fit un signe d'assentiment, et ils retombèrent dans un silence satisfait.

– À propos, Smith, demanda Hastie, avez-vous fait la connaissance de l'un ou l'autre de vos compagnons de l'escalier ?

– Nous échangeons tout juste un signe de tête lorsque nous nous rencontrons… rien de plus.

– Hum ! Je serais très porté à m'en tenir là. Je sais quelque chose de tous deux. Pas beaucoup, mais autant que j'ai besoin d'en savoir. À votre place, je crois que je ne leur donnerais pas mon cœur… Non qu'il y ait grand'chose à dire contre Monkhouse Lee…

– Vous voulez dire le maigre ?

– Précisément. C'est un garçon comme il faut. Je ne crois pas qu'il ait aucun vice. Mais on ne peut le fréquenter sans fréquenter Bellingham.

– Vous voulez dire le gros ?

– Oui, le gros. Et c'est un homme que moi, je préfère ne pas connaître.

Abercrombie leva les yeux et regarda son compagnon.

– Quel est le défaut de la cuirasse ? demanda-t-il... La boisson ? Le jeu ? La langue ? Vous n'êtes pas un juge si sévère d'ordinaire...

– Évidemment, vous ne connaissez pas l'homme... Vous ne feriez pas de questions. Il y a en lui quelque chose de repoussant, de reptilien ; devant lui, ma gorge se serre toujours. Je le tiendrai à l'écart comme un homme qui a des vices secrets, un homme qui vit mal. Il n'est pas sot, cependant. On dit qu'il est un des plus forts dans sa spécialité que l'on ait jamais eu au collège.

– Médecine ou belles-lettres ?

– Langues orientales. C'est un vrai démon sur la matière. Chillingworth l'a rencontré quelque part, au-dessus de la seconde cataracte, il y a longtemps, et il me disait qu'il bavardait avec les Arabes, comme s'il était né, avait été nourri et sevré parmi eux. Il parlait le copte avec les Coptes, l'arabe avec les Bédouins, et ils étaient tous prêts à baiser le bord de son manteau. Il y a quelques vieux ermites Johannites dans ces parages qui s'assoient sur les roches, regardent de travers et crachent quand ils rencontrent par hasard un étranger. Eh bien, quand ils virent ce Bellingham, avant qu'il n'eût prononcé cinq paroles, ils se couchaient sur le ventre et se tortillaient. Chillingworth me disait qu'il n'avait jamais vu spectacle semblable. Bellingham semblait considérer la chose comme lui étant due. Il se pavanait au milieu d'eux, leur parlait de haut, à la mode d'un oncle de Hollande.

– Pas mal pour un étudiant de la Vieille, n'est-ce pas ?

– Pourquoi dites-vous que vous ne pouvez connaître Lee sans fréquenter Bellingham ?

– Parce que Bellingham est fiancé à sa sœur Hélène. Une petite fille épatante, Smith ! Je connais bien toute la famille. Il est dégoûtant de penser voir cet animal faisant couple avec elle. Un crapaud et une colombe, voilà ! c'est toujours ce qu'ils me rappellent.

Abercrombie Smith fit la grimace et frappa sa pipe contre la grille pour en faire tomber les cendres.

– Mon garçon, vous découvrez votre jeu, dit-il… Un étudiant de seconde qui vit de préjugés, qui a des yeux verts et qui est mal pensant ! Vous n'avez vraiment pas d'autres griefs que ceux-là à faire valoir contre ce garçon ?

– Ma foi, je l'ai connue de tout temps depuis qu'elle était grande comme le tuyau de merisier de cette pipe, cette petite Eveline, et je n'aime pas lui voir courir des risques. Et c'est un risque. Il a l'air bestial. Il a un caractère bestial, venimeux. Vous vous souvenez de sa querelle avec Long Norton ?

– Non, vous oubliez toujours que je suis un nouveau.

– C'est vrai. Cela date de l'hiver dernier. Eh bien, vous connaissez le chemin de hâlage qui longe la rivière… Plusieurs camarades le suivaient, Bellingham en tête ; une vieille marchande de la place venait en sens inverse. Il avait plu. Vous savez ce que deviennent ces plaines lorsqu'il a plu. Le chemin court entre la rivière et une grande mare presque aussi large. Eh bien, que fait ce pourceau, il se place sur son passage et pousse la vieille femme dans la boue où elle et ses marchandises pâtirent rudement. C'était un acte ignoble, et Long Norton, le plus gentil garçon que l'on puisse voir, dit à cet animal ce qu'il pensait de sa conduite. Un mot en amena un autre, et finalement, Norton frappa de sa canne les épaules du mauvais garçon… Cette affaire fit un bruit du diable, et il est amusant de voir les regards que Bellingham lance à Norton lorsqu'ils viennent à se rencontrer… Parbleu, il est près de onze heures !…

– Ne vous levez pas, rallumez votre pipe.

– Mais je suis pressé. Je suis censé travailler et je suis resté assis ici à bavarder, alors que j'aurais dû être rentré… Je vous emprunte votre tête de mort si vous pouvez me la prêter… Voilà un mois que William a la mienne. Je vais aussi prendre vos petits os de l'oreille, si vous êtes certain de n'en avoir pas besoin…

Sur un geste d'acquiescement, il reprit :

– Merci bien… Inutile de me donner un sac, je puis très bien les porter sous mon bras. Bonne nuit, mon garçon, et suivez mon avis, au sujet de votre voisin.

III

Lorsque Hastie, emportant ses pièces anatomiques, eût redescendu l'escalier tournant, Abercrombie lança sa pipe dans la corbeille à papier. Il tira sa chaise plus près de la lampe et se plongea dans un formidable volume à couverture verte, orné de grandes cartes coloriées de cet étrange royaume interne dont nous sommes les monarques infortunés et impuissants.

Quoique neuf, à Oxford, l'étudiant était expérimenté en médecine ; il avait travaillé quatre ans à Glasgow et à Berlin, et cet examen prochain devait en faire définitivement un docteur patenté en l'art de guérir.

Avec sa bouche énergique, son front large, intelligent, son visage un peu dur, c'était l'homme qui, s'il n'avait pas de brillants talents, était cependant si résolu, si patient et si fort, qu'il suppléait, grâce à ses qualités, à une intelligence de plus d'éclat. Un homme, qui peut tenir sa place parmi les Écossais et les Allemands du Nord, n'est pas un homme que l'on peut dédaigner. Smith avait un nom à Glasgow et à Berlin, et il arriverait rapidement à s'en faire un à Oxford, si cela ne dépendait que de travail assidu et de la persévérance.

Il avait étudié environ une heure et les aiguilles de sa bruyante pendule, placée sur une table voisine, se rejoignaient rapidement sur la douzième heure, lorsque soudain un bruit frappa l'oreille de l'étudiant.

C'était un son aigu et strident comme le sifflement de la respiration d'un homme qui suffoque sous une sorte d'émotion.

Smith déposa son livre devant lui et tendit l'oreille pour écouter.

Personne n'habitait à côté de lui, ni au-dessus, de sorte que le bruit qui avait interrompu son travail venait à coup sûr de chez le voisin d'en dessous, ce même voisin dont Hastie avait parlé en termes si défavorables.

Smith ne voyait en lui qu'un homme mou comme une chiffe, à la figure pâle, vivant de la vie de silence et d'étude, et dont la lampe lançait encore un rayon d'or de la vieille tour, même après que, lui, il avait éteint la sienne.

Leur communauté de veille avait créé un certain lien entre eux.

Il était agréable à Smith, lorsque les heures s'envolaient vers l'aube, de sentir qu'il était un autre être près de lui qui attribuait aussi peu de valeur que lui au sommeil.

À ce moment, où la pensée de l'étudiant se tournait vers Bellingham, les sentiments de Smith lui étaient donc en somme favorables.

Hastie était un bon garçon, mais rude, aux nerfs solides, dépourvu d'ailleurs d'imagination et qui ne brillait pas par la compréhension d'autrui.

Il ne pouvait tolérer qu'on s'écartât de ce qu'il regardait comme le type modèle de l'homme. Si un homme ne pouvait être mesuré à une échelle, approuvée par l'« Alma mater », il n'existait plus pour Hastie. Comme beaucoup de gens robustes, il était exposé à confondre constitution et caractère, à prendre pour un manque de principes ce qui en réalité était un défaut de circulation.

Smith, d'une esprit plus fort, connaissait les habitudes mentales de son ami et en tenait compte en ce moment où sa pensée se tournait vers son voisin de l'étage inférieur.

Le singulier son ne se répéta pas, et Smith était sur le point de se remettre au travail, lorsque soudain retentit dans le silence de la nuit un cri rauque, un véritable cri de terreur, l'appel d'un homme secoué par une force qui ne le laisse pas maître de lui-même.

Smith bondit de son siège et jeta son livre sur le parquet.

C'était un homme aux nerfs solides, mais il y avait quelque chose de si soudain et de si irrésistible dans ce cri d'horreur qui lui glaçait le sang !

Survenant en ce lieu, à cette heure, il faisait surgir dans son esprit mille possibilités fantastiques.

Devait-il se précipiter en bas ?

Il avait la répulsion nationale de tout Anglais pour les scènes et il connaissait si peu son voisin qu'il ne voulait pas à la légère intervenir dans ce qui le regardait.

La durée d'un instant il hésita, et tandis qu'il pesait la question, il y eut un bruit de pas rapides dans l'escalier.

Le jeune Monkhouse Lee, à moitié habillé, blanc comme cendres, fit irruption dans la chambre.

– Descendez, cria-t-il, Bellingham est malade.

Abercrombie Smith le suivit dans le salon situé au-dessous du sien, et, absorbé comme il l'était par l'événement qui le préoccupait, il ne put néanmoins s'empêcher de jeter un regard étonné autour de lui, dès qu'il eut franchi le seuil.

La chambre était telle qu'il n'en avait jamais vue auparavant.

Un musée plutôt qu'une salle d'études.

Murs et plafonds étaient couverts d'un millier d'étranges débris égyptiens ou orientaux : des personnages démesurément grands, angangleux, portant des fardeaux ou des armes, formaient autour de la salle une frise bizarre.

Au-dessus s'alignaient des statues, à têtes de taureaux, de cigognes, de chats, de hiboux, des monarques aux yeux en amandes, avec des couronnes de vipères, d'étranges divinités en forme de scarabées découpés dans le « lapis lazuli » d'Egypte.

Au-dessus d'eux, Horus, Isis et Osiris regardaient de chaque niche, de chaque étagère, et en travers du plafond un vrai fils du vieux Nil, un grand crocodile à la mâchoire pendante, était suspendu par un double nœud.

Au centre de cette singulière salle d'études, il vit une grande table carrée, encombrée de journaux, de bouteilles et des feuilles désséchées d'une plante qui ressemblait à un gracieux palmier.

Ces divers objets avaient été empilés, pêle-mêle pour faire place à un sarcophage de momie qui avait été transporté là du mur voisin comme le montrait l'emplacement demeuré vide et que Bellingham avait déposé sur le devant de la table.

La momie, elle-même, une chose horrible, foncée comme une tête carbonisée sur un buisson noueux, gisait à moitié sortie du cercueil, son bras osseux et ses doigts, tordus comme des griffes, reposant sur la table.

Appuyé contre le sarcophage, s'étalait un vieux rouleau de papyrus jauni, et en face, sur un fauteuil de bois, le maître de la maison, la tête rejetée en arrière, était assis les yeux grands ouverts, le regard braqué avec terreur sur le crocodile qui planait au-dessus de sa tête.

Ses lèvres épaisses, bleuies, soufflaient bruyamment à chaque expiration.

– Mon Dieu ! Il se meurt, s'écria Monkhouse Lee éperdument.

Monkhouse, un beau jeune homme, mince, au teint olive, et aux yeux noirs, d'un type espagnol plutôt qu'anglais, avec un chic de gesticulation toute celtique qui contrastait avec le flegme saxon d'Abercrombie Smith.

– Ce n'est qu'un évanouissement, je crois, dit l'étudiant en médecine. Aidez-moi, prenez les pieds… Maintenant, posez-le sur le sofa. Voulez-vous enlever de là tous ces petits diables de bois ? Cela constitue une drôle de litière pour un malade. Il se remettra si nous ouvrons son col et lui donnons un peu d'eau… Qu'est-ce qui lui est arrivé ?

– Je n'en sais rien. Je l'ai entendu crier. Je suis monté en hâte. Nous sommes très liés, vous savez. Vous êtes bien bon d'être descendu.

– Son cœur bat comme une paire de castagnettes, dit Smith, posant sa main sur la poitrine de l'homme inanimé. Il me semble qu'il est effrayé au-delà de toute expression. Jetez-lui de l'eau au visage… Quel aspect navrant a pris son visage !…

C'était certainement une figure étrange et repoussante.

Forme et couleurs en étaient également extra-naturelles.

Il était blanc, mais non de la pâleur ordinaire que donne la frayeur. Il était blanc par absence complète de sang comme l'est le ventre d'une sole.

Bellingham, très gros, donnait l'impression d'avoir été beaucoup plus gros encore, car sa peau pendait librement, formant des replis et un réseau de rides.

La tête était hérissée de cheveux bruns, courts, raides comme des tiges de chaume, et deux oreilles épaisses, ridées, se projetaient de chaque côté.

Les yeux gris étaient demeurés ouverts, les pupilles dilatées, les prunelles fixées en un horrible regard.

Il sembla à Smith, tandis qu'il l'examinait, qu'il n'avait jamais vu les signes du danger se manifester plus complètement dans l'attitude d'un homme.

Sa pensée se reporta aussitôt plus sérieusement aux avertissements que Hastie lui avait donnés une heure auparavant.

– Que diable peut l'avoir effrayé ainsi ? demanda-t-il.

– C'est la momie.

– La momie ? Comment, la momie ?

– Je l'ignore. C'est vilain, c'est malsain de fréquenter les momies. Je voudrais qu'il renonçât à ce passe-temps. C'est la seconde frayeur qu'il me donne. La même crise s'est produite l'hiver dernier. Je l'ai trouvé dans le même état, avec cette horrible chose devant lui.

– Qu'a-t-il besoin de cette momie, alors ?

– Oh ! c'est un gaillard, vous savez. C'est sa marotte. Il en sait plus sur ce sujet qu'aucun homme en Angleterre. Mais j'aimerais mieux qu'il en fût autrement.

– Ah ! il commence à revenir à lui.

Une légère couleur reparaissait sur les joues cadavériques de Bellingham.

Ses paupières palpitèrent comme une voile après le calme. Il ouvrit et referma les mains.

Un faible et long soupir passa entre ses dents.

Puis, relevant soudain la tête, il jeta un regard autour de lui.

Lorsque ses yeux rencontrèrent la momie, il sauta à bas du sofa, saisit le rouleau de papyrus, le jeta dans un tiroir, tourna la clé, puis revint en titubant au sofa.

– Qu'y a-t-il ? demanda-t-il, qu'est-ce que vous voulez, mes amis ?

– Vous avez poussé des cris, fait du bruit, dit Monkhouse Lee. Si notre voisin de dessus n'était pas descendu, vraiment, je ne sais ce que j'aurais fait de vous.

– Ah ! c'est Abercrombie Smith, dit Bellingham en le regardant. Vous êtes bien bon d'être venu ! Quel sot je suis ! Oh ! mon ami, quel sot je suis.

Il prit sa tête entre ses mains et fut pris d'un fou rire inextinguible.

– Voyons, laissez cela, dit Smith, en le secouant rudement par les épaules.

– … Vos nerfs sont en révolution. Il faut renoncer à ces jeux de momies, au milieu de la nuit, ou bien, vous allez dérailler. Tous vos nerfs sont tendus en ce moment.

– Je doute, dit Bellingham, que vous fussiez plus de sang-froid que moi si vous aviez vu…

– Quoi donc ?

– Oh ! rien. Je veux dire que je doute que vous puissiez vous asseoir la nuit, en face d'une momie, sans que vos nerfs s'en ressentent. Je ne doute pas que vous ayez raison… J'avoue qu'en dernier lieu, j'ai voulu trop exiger de moi-même. Mais je suis tout à fait bien maintenant. Cependant, je vous en prie, ne partez pas. Attendez encore quelques minutes, que je sois redevenu tout à fait moi-même.

– Votre chambre est trop fermée, remarqua Lee, ouvrant une fenêtre et laissant pénétrer l'air frais de la nuit.

– C'est de la résine balsamique, dit Bellingham.

Il souleva une des feuilles sèches de palmier de la table et la froissa au-dessus du verre de la lampe.

Elle répandit d'épaisses colonnes de fumée et l'atmosphère de la chambre se parfuma d'une odeur âcre et piquante.

– C'est la plante sacrée, la plante des prêtres, remarqua-t-il. Connaissez-vous quelque chose aux langues orientales, Smith ?

– Pas un mot.

Cette réponse parut enlever un poids de l'esprit de l'Egyptologue.

– À propos, continua-t-il, combien de temps s'est-il écoulé depuis le moment où vous êtes descendu jusqu'à ce que j'aie mes sens ?

– Pas longtemps, quatre ou cinq minutes.

– Je pensais bien qu'il ne devait pas y avoir longtemps, dit-il en poussant un profond soupir. Mais quelle singulière chose que l'inconscience. On ne peut la mesurer. D'après mes sensations, je ne pourrais dire s'il s'agissait de secondes ou de semaines. Ce monsieur qui est là, allongé sur la table, a été emballé à l'époque de la onzième dynastie, il y a environ quarante siècles, et cependant, s'il pouvait parler, il nous dirait que ce laps de temps n'a duré qu'un clin d'œil. C'est une momie singulièrement belle, Smith.

Smith s'approcha de la table et examina du regard d'un professionnel la forme noire et raccornie qu'il avait en face de lui.

Les traits, quoique horriblement décolorés, étaient parfaits ; et deux petits yeux, comme des noisettes, se cachaient au fond des orbites noires.

La peau tachetée était soigneusement tirée d'un os à l'autre.

Des cheveux noirs, rudes, emmêlés, retombaient sur les oreilles.

Deux petites dents, comme des dents de rat, dépassaient la lèvre inférieure racornie.

Dans sa position accroupie, les articulations pliées, la tête allongée, il y avait une suggestion d'énergie, chez cette horrible chose, qui serra la gorge à Smith.

Les côtes décharnées, avec leur enveloppe parcheminée, étaient découvertes, l'abdomen enfoncé, couleur de plomb, portant la trace de la longue fente où l'embaumeur avait laissé sa marque. Mais les membres inférieurs étaient enveloppés de grossiers bandages jaunes.

Une grande quantité de fragments de myrrhe et de cassia, semblables à des clous de girofle, étaient répandus sur le corps, et à l'intérieur du coffre.

– Je ne connais pas son nom, dit Bellingham, en passant sa main sur cette tête desséchée. Vous voyez que le sarcophage extérieur qui porte les inscriptions manque… No. 249, voilà actuellement son seul titre. Vous le voyez imprimé sur le sarcophage. C'était son numéro à la vente aux enchères où je l'ai acquis.

– Il a été un beau garçon en son temps remarqua Abercrombie Smith.

– C'était un géant. Sa momie a six pieds, sept pouces de long, et dans le milieu où il vivait ce devait être un géant, car la race égyptienne n'a jamais été robuste. Touchez ces grands os noueux… Il ne devait pas faire bon d'essayer de s'en saisir.

– Peut-être au moins ont-elles aidé à poser des pierres, aux Pyramides, suggéra Monkhouse Lee, regardant d'un air de dégoût ces ongles tordus et sales…

– Pas de danger. Ce garçon a été conservé dans du natron et traité ensuite dans le meilleur style des embaumeurs. On n'accommodait pas de cette façon de simples manœuvres ; du sel ou du bitume, c'était suffisant pour eux. On a calculé que ce genre d'embaumement coûtait environ 730 livres de notre monnaie. Notre ami était au moins de race noble. Que faites-vous de cette petite inscription près de son pied, Smith ?

– Je vous ai dit que je ne connais pas les langues orientales.

– Ah ! c'est vrai. C'est le nom de l'embaumeur, je suppose. Un travailleur consciencieux à coup sûr. Je me demande combien d'œuvres modernes dureraient quatre mille ans…

Il continua à parler d'un ton gai et rapide, mais il était évident pour Abercrombie Smith qu'il palpitait encore de frayeur.

Ses mains et sa lèvre inférieure tremblaient, et quelque chose qu'il regardât, ses yeux revenaient toujours à son triste compagnon.

Malgré toutes ses craintes, cependant, il y avait un brin de triomphe dans son ton et ses manières.

Ses yeux brillaient, et son pas, comme il marchait à travers la chambre, était alerte et léger.

Il donnait l'impression d'un homme qui a traversé une épreuve dont il porte encore les traces, mais qui l'a rapproché de son but.

– Vous ne partez pas encore ? dit-il lorsque Smith se leva du sofa.

À la perspective de se retrouver seul, il semblait que ses craintes l'assaillaient de nouveau, et il avança la main, comme pour retenir son visiteur.

– Oui, il faut que je m'en aille ; j'ai du travail à faire. Certes, vous êtes bien maintenant, mais je crois qu'avec votre système nerveux, vous devriez vous livrer à des études moins dangereuses.

– Oh ! je ne suis pas un nerveux en général, et j'ai démailloté d'autres momies.

– Vous vous êtes évanoui la dernière fois, observa Monkhouse Lee.

– Ah ! oui, c'est vrai. Je vais prendre quelque tonique pour mes nerfs ou suivre un traitement par l'électricité.

– Vous ne partez pas,… Lee ?

– Je ferai ce que vous voudrez, Ned.

– Alors, je vais descendre chez vous et m'improviser un lit sur votre canapé. Bonne nuit, Smith ! Je suis aux regrets de vous avoir dérangé pour des bêtises.

Ils se serrèrent les mains, et comme l'étudiant en médecine remontait l'escalier en spirale, il entendit tourner une clef dans une serrure et les pas de ses deux nouvelles connaissances qui regagnaient l'étage inférieur.

IV

C'est de cette façon étrange que débutèrent les relations d'Edward Bellingham et d'Abercrombie Smith, connaissance que ce dernier, tout au moins, ne désirait pas pousser plus loin.

Bellingham, cependant, semblait rechercher son voisin au parler rude et lui fit des avances telles qu'elles l'obligeaient à le repousser sans brutalité.

Deux fois, il vint remercier Smith de son assistance, et, plusieurs fois par la suite, il lui offrit des livres, des journaux ou lui fit de ces politesses dont deux célibataires voisins peuvent se combler l'un l'autre.

C'était, comme Smith le vit bientôt, un homme qui avait beaucoup lu, qui avait des idées très larges et une mémoire extraordinaire.

Ses manières étaient si douces et si agréables, qu'au bout de quelque temps, elles faisaient oublier ce qu'il y avait de répulsif dans son aspect.

Pour un homme surmené et fatigué, ce n'était pas un compagnon ennuyeux ; et bientôt, Smith en arriva à désirer ses visites, et même à les lui rendre.

Si intelligent que fut son voisin, et il l'était indubitablement, il semblait à l'étudiant en médecine qu'il apercevait un grain de folie chez lui.

Parfois, Bellingham se mettait à parler sur un ton élevé, emphatique, qui contrastait avec la simplicité de sa vie.

— C'est une chose merveilleuse, s'écriait-il, de sentir qu'on peut commander aux puissances du bien et du mal, à un ange secourable ou à un démon de vengeance…

De Monkhouse Lee, il dit une autre fois :

– Lee est un bon garçon, un honnête garçon, mais il est sans force et sans ambition, ce ne serait pas un bon associé pour un homme qui rêverait une grande entreprise... Ce ne serait pas un bon associé pour moi...

À de semblables aperçus et de si sottes insinuations, Smith, tirant solennellement des bouffées de sa pipe, levait simplement les yeux, secouait la tête et lançait de menus conseils d'ordre médical ; moins de veille, plus d'air frais.

Chez Bellingham, s'était développée dans ces derniers temps une habitude que Smith savait être l'avant-coureur d'un affaiblissement de l'esprit.

Il se parlait continuellement à lui-même.

À des heures avancées de la nuit, quand il ne pouvait y avoir de visiteur auprès de lui, Smith entendait sa voix au-dessous de lui, en un monologue bas et voilé qui devenait un murmure, très perceptible cependant dans le silence.

Cette conversation solitaire ennuyait et distrayait l'étudiant, de sorte qu'il en parla souvent à son voisin.

Bellingham rougissait et niait absolument avoir prononcé un seul mot.

Certainement cela le tracassait plus que la chose ne le méritait.

Si Abercrombie Smith avait eu quelque doute sur son ouïe, il ne tarda pas à trouver une corroboration. Tom Styles, le petit domestique ridé qui avait servi les occupants de la tour plus longtemps qu'aucun homme n'en pouvait garder la mémoire, toucha douloureusement ce sujet.

– S'il vous plaît, monsieur, dit-il tandis qu'il mettait en ordre la chambre du haut, un matin. Croyez-vous que Monsieur Bellingham soit bien ?

– Bien, Styles ?

– Oui, monsieur, bien de la tête ?

– Pourquoi ne serait-il pas bien ?

– Eh bien, je ne sais pas, monsieur. Ses habitudes ont changé, ces temps derniers. Il n'est plus le même homme qu'il était, quoique je puisse dire qu'il n'a jamais été comme mes autres messieurs, comme M. Hastie ou comme vous. Il s'est mis à se dire à lui-même des choses terribles. Je suis étonné que cela ne vous dérange pas. Je ne sais trop ce que je dois faire.

– Je ne vois pas en quoi cela vous regarde, Styles ?

– Eh bien, cela m'intéresse, M. Smith. J'ai peut-être tort, mais je ne puis m'en empêcher. Il me semble quelquefois que je suis à la fois le père et la mère de mes jeunes messieurs. Ils s'adressent tous à moi quand les choses se gâtent pour eux, et les relations s'établissent. Mais M. Bellingham, monsieur ? Il me faut savoir qui est-ce qui marche quelquefois dans sa chambre quand il est sorti et que la porte est fermée à l'intérieur.

– Eh ! bien, vous dites des bêtises, Styles !

– C'est possible, monsieur, mais j'ai entendu cela plus d'une fois de mes propres oreilles.

– Vous dites des bêtises, Styles !

– Très bien, monsieur… Vous sonnerez si vous avez besoin de moi.

Abercrombie Smith ne prêta guère d'attention au bavardage du vieux domestique, mais un petit incident survint quelques jours plus tard qui fit une impression désagréable sur son esprit et lui remit en mémoire les paroles de Styles.

Bellingham était monté le voir, tard, un soir, et il lui contait d'intéressants souvenirs sur les tombes de pierre de Beni Hassan, dans la Haute-Egypte, lorsque Smith, dont l'oreille était remarquablement fine, entendit distinctement le bruit d'une porte s'ouvrant sur le palier au-dessous.

– Quelqu'un vient d'entrer dans votre chambre ou d'en sortir, remarqua-t-il.

Bellingham se dressa sur ses pieds et resta un moment interdit, avec l'apparence d'un homme moitié effrayé, moitié incrédule.

– Je dois l'avoir fermée à clef... Je suis... presque certain... de l'avoir fermée... bégaya-t-il. Personne ne pourrait l'ouvrir...

– J'entends quelqu'un qui monte l'escalier en ce moment, dit Smith.

Bellingham s'élança à la porte, la referma brusquement derrière lui et descendit précipitamment l'escalier.

Smith l'entendit s'arrêter à mi-chemin et crut entendre un chuchotement.

Un instant après, la porte au-dessous se referma, la clef grinça dans la serrure, et Bellingham, des gouttes de sueur sur sa figure pâle, remonta l'escalier, entra de nouveau dans la chambre.

– Tout va bien, dit-il, en se laissant tomber sur une chaise, c'était cet imbécile de chien ; il a poussé la porte et l'a ouverte. Je ne comprends pas comment j'avais oublié de la fermer à clef.

– Je ne savais pas que vous aviez un chien, dit Smith, regardant attentivement le visage troublé de son compagnon.

– Oui… il n'y a pas longtemps que je l'ai. Il faut que je m'en débarrasse… Il me cause beaucoup d'ennuis.

– Cela doit être, si vous avez tant de peine à le tenir enfermé. J'aurais supposé que fermer la porte était suffisant, sans être obligé de la fermer à clef.

– Il me faut empêcher le vieux Styles de le laisser dehors… Il a quelque valeur, voyez-vous, et il me serait désagréable de le perdre.

– Je suis un peu amateur de chiens moi-même, dit Smith, observant son compagnon du coin de l'œil. Voulez-vous me le faire voir ?

– Certainement, mais je ne le puis ce soir. J'ai un rendez-vous. Votre pendule marche-t-elle bien ?… Alors, je suis d'un quart d'heure en retard… Vous m'excuserez, j'en suis certain…

Il prit son chapeau et sortit hâtivement de la chambre.

Smith l'entendit rentrer dans sa chambre et fermer la porte à clef à l'intérieur.

V

Cette entrevue laissa une impression désagréable dans l'esprit de l'étudiant en médecine.

Bellingham lui avait menti, et menti si maladroitement qu'il fallait qu'il eut de fortes raisons pour cacher la vérité.

Smith savait que son voisin n'avait pas de chien.

Il savait aussi que les pas qu'il avait entendus dans l'escalier n'étaient pas ceux d'un animal. Mais s'ils n'étaient pas les pas d'un chien, qu'étaient-ils alors ?

Styles avait bien dit qu'il y avait quelqu'un qui marchait dans la chambre lorsque le locataire en était absent…

Serait-ce une femme ?

Smith penchait pour cette idée.

S'il en était ainsi, c'était l'expulsion si le secret de Bellingham était découvert par les autorités de l'université.

Son anxiété et ses mensonges pouvaient s'expliquer par là.

Et cependant, il était inconcevable qu'un étudiant pût avoir une femme dans sa chambre sans être immédiatement découvert.

Quelle que fut l'explication, il en subsistait quelque chose de déplaisant.

Smith résolut donc quand il revint à ses livres, de décourager toute nouvelle tentative d'intimité de la part de son compromettant voisin aux paroles dorées. Mais son travail était destiné à être interrompu ce soir là.

Il en avait à peine repris le fil, lorsque des pas lourds se firent entendre, venant d'en bas, enjambant trois marches à la fois et Hastie, vêtu de flanelle, se précipita dans la chambre.

– Encore à la besogne ! dit-il en se laissant tomber dans son fauteuil habituel, quel dur à cuire vous êtes ! Je crois qu'un tremblement de terre pourrait rendre Oxford aussi biscornu qu'un tricorne que vous resteriez parfaitement tranquille avec vos livres, au milieu des ruines. Cependant, je ne vais pas vous ennuyer longtemps. Trois bouffées de tabac et je m'en vais.

– Quelles nouvelles y a-t-il donc ? demanda Smith, enfonçant avec son index du tabac Birds-eye dans sa pipe de bruyère.

– Pas grand'chose. Wilson a fait 70 pour les nouveaux contre 11. On dit qu'ils vont le jouer à la place de Buddicomb, car Buddicomb est en fait hors couleurs. Généralement, il était assez bon au lancé, mais ce n'est plus qu'une demi-bordée et un sautillement continuel…

– Une médiocrité, suggéra Smith avec la gravité intense que montre toujours un universitaire quand il parle de sport.

– Propension à se précipiter, et du travail de jambes… Il arrive avec le bras à trois pouces environ. Et il est toujours mauvais sur terrain humide.

– Oh ! à propos, avez-vous entendu parler de Norton ?

– Qu'est-ce qu'il y a ?

– Il a été assailli.

– Assailli ?

– Oui, juste au moment où il tournait dans High Street, et à une centaine de yards de la porte de la Vieille.

– Mais qui… ?

– Ah ! voilà la question ! Si vous disiez quoi ? vous observeriez plus exactement les lois grammaticales. Norton jure que ce n'était pas un être humain, et certes, d'après les écorchures qu'il porte à la gorge, je suis porté à partager son opinion...

– Quoi, alors ? Est-ce que nous retournons aux revenants ?

Abercrombie Smith manifesta, en lançant une bouffée, son mépris scientifique.

– Eh bien non ! Je ne crois pas d'ailleurs que ce soit l'idée de Norton. Mais je pense que si quelque forain a perdu dans ces derniers temps un grand singe, et que l'animal rôde dans ces parages, un jury ne se tromperait pas en concluant à un verdict contre lui. Norton passe par là chaque soir, comme vous savez ; à peu près à la même heure. Il y a un arbre qui retombe très bas sur le chemin, le grand arbre du jardin de Rainy. Norton pense que la chose lui est tombée de l'arbre sur le corps. Quoi qu'il en soit, il a été à moitié étranglé par deux bras, qui, dit-il, étaient aussi forts et aussi minces que deux barres d'acier. Il n'a rien vu que ces doux bras qui le serraient violemment. Il poussa un hurlement, perdant presque la tête, et deux individus arrivèrent en courant ; la chose sauta par-dessus le mur comme un chat. Il n'a pu la voir clairement. Norton en a reçu une secousse, je vous assure. Je lui ai dit que cela avait été aussi bon pour lui qu'un changement d'air au bord de la mer...

– Un étrangleur, très probablement, dit Smith.

– C'est très possible. Norton dit que non. Mais nous ne savons pas ce qu'il veut dire. L'étrangleur avait des ongles longs, et sauta avec élégance par-dessus le mur. À propos, votre beau voisin aurait du plaisir à apprendre cela. Il a de la rancune, contre Norton, et il n'est pas homme, tel que je le connais, à oublier ses petites dettes. Mais, cher camarade, quelle pensée vous vient ?

– Aucune, dit Smith brièvement.

Il avait sursauté sur sa chaise, et son visage s'était éclairé comme celui d'un homme en qui surgit une pensée désagréable.

– On dirait que quelque chose, dans ce que j'ai dit vous a frappé. À propos, vous avez fait la connaissance de M. Bellingham depuis que je ne vous ai vu, n'est-ce pas ? Le jeune Monkhouse Lee m'en a dit un mot.

– Oui, je le connais fort peu. Il est venu ici une fois ou deux.

– Bien, vous êtes assez grand et assez laid pour prendre garde à vous. Ce n'est pas ce que je pourrais appeler un gaillard très sûr, quoiqu'il ait du talent, et tout ce que vous voudrez. Mais tous vous en rendrez compte bientôt par vous-même. Lee est très bien. C'est un petit bonhomme très comme il faut. Donc, au revoir, vieux camarade… Je lutte contre Mullins pour la coupe du vice-chancelier, de mercredi en huit… Souvenez-vous d'y venir, si je ne vous revois pas avant…

Constant comme un bœuf, Smith déposa sa pipe et revint machinalement à ses livres. Mais, avec toute la bonne volonté du monde, il lui était très difficile de fixer son attention sur son travail.

Sa pensée revenait à l'homme qui vivait au-dessous de lui et au petit mystère qui environnait sa chambre.

Il songea alors à la singulière attaque dont Hastie lui avait parlé, et aux griefs que Bellingham avait contre celui qui en avait été l'objet.

Ces deux idées persistaient à se lier dans son esprit, comme s'il existait un lien intime entre elles. Et cependant, le soupçon si vague, si indistinct, qu'il n'aurait pu être exprimé par des mots.

– Que le diable emporte ce garçon ! s'écria Smith en lançant son Manuel de pathologie à travers la chambre. Il m'a gâté ma nuit de travail, et c'est une raison suffisante, même s'il n'y en avait d'autre pour que je l'évite à l'avenir.

VI

Pendant dix jours, l'étudiant en médecine se claquemura si hermétiquement dans ses études, qu'il ne vit ni n'entendit rien des deux hommes qui vivaient au-dessous de lui.

Aux heures, où Bellingham avait coutume de lui rendre visite, il avait soin de montrer visage de bois, et quoique plus d'une fois il entendit frapper à sa porte, il se retint résolument de répondre.

Un après-midi, cependant, il descendait l'escalier, et juste au moment où il passait devant la porte de Bellingham, celle-ci s'ouvrit et le jeune Monkhouse Lee sortit les yeux étincelants, la colère enflammant ses joues olives.

Bellingham le suivait de près, sa grosse figure malsaine toute tremblante de passion mauvaise.

– Sot que vous êtes, siffla-t-il, vous le regretterez.

– Peut-être, cria l'autre. Souvenez-vous de ce que je vous dis : C'est fini, je ne veux plus en entendre parler.

– Vous avez promis, cependant...

– Oh ! je tiendrai ma promesse. Je ne parlerai pas. Mais j'aimerais mieux que la petite Eva fut dans sa tombe. Une fois pour toutes, c'est fini. Elle fera ce que je lui dirai. Nous ne voulons plus vous revoir...

Smith ne pouvait éviter d'entendre ces propos, mais il hâta le pas, peu désireux d'intervenir dans leur dispute.

Il y avait eu une sérieuse algarade entre eux, cela était clair, et Lee allait faire rompre les projets de mariage de sa sœur.

Smith se rappela la comparaison d'Hastie, le mariage du crapaud et de la colombe.

Il était content de voir que la chose avait pris fin.

La figure de Bellingham n'était pas belle à voir lorsqu'il était en colère.

Ce n'était pas un homme à qui confier l'avenir d'une jeune fille.

VII

Tandis qu'il marchait, Smith se demandait quelle pouvait être la cause de la querelle, et quelle était cette promesse que Bellingham était si anxieux de voir tenir par Monkhouse Lee.

C'était le jour du match à l'aviron entre Hastie et Mullins, et un flot d'hommes descendait le long des rives de l'Isis.

Un soleil de mai étincelait au ciel et le sentier jaunissant était barré par l'ombre noire des ormeaux altiers.

Des deux côtés, les collèges gris s'étendaient en arrière de la route ; ces vénérables mères des intelligences, semblaient regarder passer ce flot joyeux de jeunes vies par leurs hautes fenêtres en arcades.

Des maîtres vêtus de noir, d'élégants officiers, de pâles lecteurs, de jeunes athlètes au visage brun, en chapeaux de paille, en sweaters blancs ou en blouses de couleur se hâtaient vers la rivière qui serpente à travers les prairies d'Oxford.

Abercrombie Smith, avec l'intuition d'un vieux canotier, choisit sa place à l'endroit où la lutte, s'il devait y avoir lutte, aurait lieu.

De loin, il entendit le bourdonnement qui annonçait le départ.

Le bruit se rapprochait, le tonnerre des pas de ceux qui couraient et les cris des hommes dans les bateaux mouraient au-dessous de lui.

Une multitude de coureurs, à moitié déshabillés, la respiration haletante, passèrent près de lui, et, regardant par-dessus leurs épaules, il vit Hastie menant vigoureusement un trente-six, tandis que son adversaire, avec un quarante, était d'une bonne longueur de bateau derrière lui. Smith lança un hourrah à son ami, et tirant sa montre, il se mettait en route pour regagner sa chambre lorsqu'il sentit qu'on lui touchait l'épaule, et vit auprès de lui le jeune Monkhouse Lee.

– Je vous ai aperçu, dit-il d'un ton timide et presque suppliant. J'aurais besoin de vous parler, si vous pouviez m'accorder une demi-heure. Cette villa est à moi. Je l'ai louée de moitié avec Harrington, de King's Collège. Venez, et nous prendrons une tasse de thé…

– Il me faut m'en aller, dit Smith. Je dois travailler dur en ce moment. Mais j'entrerai avec plaisir passer quelques minutes avec vous. Je ne serais pas sorti si Hastie n'était un de mes bons amis.

– Il est aussi le mien. N'a-t-il pas un beau style ? Mullins n'était pas à son affaire. Mais entrez dans la villa. C'est une espèce de retraite ; un vrai taudis, mais il est agréable d'y travailler pendant les mois d'été.

C'était en effet, une petite construction blanche, carrée, avec des portes et des persiennes vertes, et un porche rustique en treillis qui s'étendait à environ cinquante yards du bord de la rivière.

À l'intérieur, la salle principale était très simplement meublée comme un bureau : table de sapin, étagères non peintes avec des livres, quelques enluminures à bon marché contre les murs.

Une bouillotte chantait sur un fourneau à essence.

Sur un plateau posé sur la table il y avait ce qu'il faut pour préparer et servir le thé.

– Asseyez-vous sur cette chaise et prenez une cigarette, dit Lee ; laissez-moi vous servir une tasse de thé. Vous êtes bien aimable d'être entré, car je sais que votre temps est précieux. Je suis obligé de vous dire qu'à votre place je changerais de chambre de suite.

– Eh !...

Smith s'arrêta à le regarder, une allumette allumée dans une main et sa cigarette dans l'autre.

– Oui, cela doit vous paraître bien extraordinaire, mais le pire, c'est que je ne puis pas vous dire mes raisons, car je suis lié par une promesse solennelle. Mais je puis aller jusqu'à dire que je ne pense pas qu'il soit très prudent de vivre près de Bellingham. J'ai l'intention de camper ici, aussi loin de lui que possible, pour quelque temps.

– Pas prudent ? Que voulez-vous dire ?

– Ah ! c'est là ce que je ne puis dire. Mais suivez mon conseil et changez de chambre. Nous avons eu aujourd'hui une forte dispute. Vous avez dû nous entendre, car vous descendiez l'escalier ?

– J'ai vu que vous étiez hors de vous.

– C'est un horrible garçon, Smith. C'est tout ce que l'on peut en dire. J'avais conservé des doutes sur lui depuis cette nuit où il s'est évanoui, vous vous rappelez, quand vous êtes descendu. J'ai pris sa mesure aujourd'hui, et il m'a dit des choses qui m'ont fait dresser les cheveux sur la tête et me disputer avec lui. Je ne suis pas collet monté, mais je suis le fils d'un clergyman, voyez-vous, et je crois qu'il y a des choses qu'on doit laisser dans l'ombre. Je remercie seulement Dieu de l'avoir découvert, avant qu'il ne fut trop tard, car il devait entrer dans ma famille par son mariage…

– Tout cela est très joli, Lee, dit sèchement Abercrombie Smith, mais ou vous en dites trop, ou vous n'en dites pas assez. Et je vous donne un bon avis. Où il y a de véritables raisons pour donner un avertissement, il n'y a pas de promesse qui puisse vous lier. Si je vois un gredin sur le point de faire sauter une maison avec de la dynamite, rien ne pourra me détourner de l'empêcher…

– Mais je ne puis l'empêcher, et je ne puis rien faire que de vous prévenir…

– Sans me dire contre quoi vous m'avertissez…

– Contre Bellingham.

– Mais c'est puéril. Pourquoi le craindrais-je, lui, ou tout autre homme ?

– Je ne puis vous le dire. Je ne puis que vous engager à changer de logement. Vous êtes en danger là où vous êtes. Je ne dis même pas que Bellingham ait l'intention de vous nuire, mais cela peut arriver ; il est en ce moment un voisin dangereux…

– Peut-être en sais-je plus long que vous ne pensez, dit Smith, fixant son regard sur le visage sérieux du jeune homme. Supposez que je vous dise qu'une autre personne partage la chambre de Bellingham…

Monkhouse Lee bondit sur sa chaise, dans un état de surexcitation dont il n'était pas maître.

– Vous savez, alors ? articula-t-il.

– Une femme…

Lee recula en grognant.

– Mes lèvres sont scellées, dit-il, je ne puis rien dire.

– Eh bien ! de toutes façons, dit Smith, il n'y a pas de raisons pour que je quitte par peur un appartement qui me convient parfaitement. Ce serait trop de faiblesse de transporter ailleurs toutes mes affaires, tous mes meubles, parce que vous dites que Bellingham pourrait, d'une façon inexpliquée, me faire du mal. Je pense que je dois courir le risque, rester où je suis, et je vois qu'il est déjà près de cinq heures… Vous voudrez bien m'excuser…

VIII

Il prit congé du jeune étudiant en quelques paroles brèves et retourna chez lui par cette douce soirée de printemps, se sentant moitié troublé, et moitié amusé, comme le serait un homme fort et de sang-froid, qui aurait été menacé de quelque danger vague et ténébreux.

Il y avait une petite licence qu'Abercrombie Smith se permettait toujours, quelque pressé qu'il fût par son travail.

Deux fois par semaine, le mardi et le vendredi, il avait l'habitude invariable de se rendre à Farlingford, à la résidence du docteur Plumptree Peterson, située à environ un mille et demi en dehors d'Oxford. Peterson avait été l'ami intime de Francis, le frère aîné de Smith, et comme il était célibataire, très à son aise, qu'il possédait bonne cave et meilleure bibliothèque, sa maison était un but agréable pour un homme qui avait besoin d'une promenade.

Deux fois par semaine donc, l'étudiant en médecine s'élançait sur la route sombre dans la campagne, passait une heure agréable dans le bureau confortable de Peterson, à discuter en face d'un verre de vieux porto, les commérages de l'Université ou les derniers progrès de la chirurgie.

Le jour qui suivit son entrevue avec Monkhouse Lee, Smith ferma ses livres, à huit heures et quart, heure où il avait l'habitude de partir pour se rendre chez son ami.

Au moment de quitter sa chambre, cependant, son regard tomba par hasard sur un des livres que Bellingham lui avait prêtés, et sa conscience lui reprocha de ne l'avoir pas encore rendu.

Quelque répulsif que fût l'individu, il ne fallait pas être impoli avec lui.

Prenant le livre, il descendit l'escalier et frappa à la porte de son voisin.

Il ne reçut point de réponse, mais tournant le bouton, il trouva que la porte n'était point fermée à clef.

Satisfait de l'idée d'éviter une entrevue, il entra, et plaça le livre avec une carte de visite sur la table.

La lampe était baissée, mais Smith pouvait aisément distinguer les détails de la chambre.

Elle était bien telle qu'il l'avait déjà vue : la frise, les dieux à tête d'animaux, le crocodile suspendu, la table couverte de journaux et de feuilles sèches.

Le sarcophage de la momie était dressé contre le mur, mais la momie elle-même n'y était plus. Il n'y avait aucun signe qui annonçât un second occupant de la chambre, et il lui sembla, en se retirant, qu'il avait été injuste envers Bellingham.

S'il avait à garder le secret d'une faute, il ne laisserait pas sa porte ouverte, de sorte que tout le monde pût entrer.

L'escalier en spirale était noir comme un puits, et Smith descendait lentement ses marches irrégulières quand il eut soudain l'impression que quelque chose passait près de lui, dans l'obscurité.

Il y eut un faible bruit, un petit souffle d'air, un léger frôlement de son coude, mais si léger qu'il pouvait à peine s'en dire certain.

Il s'arrêta et écouta, mais le vent bruissait à travers les lierres de l'extérieur et il ne put rien entendre de plus.

– Est-ce vous, Styles ? cria-t-il.

Il n'y eut pas de réponse.

Tout était tranquille derrière lui.

Cela devait être quelque brusque courant d'air, car il y avait des fentes dans la vieille tour.

Et cependant il aurait bien juré qu'il avait entendu des pas à côté de lui.

Il était sorti sur le carré, réfléchissant encore sur ce sujet, quand un homme arriva, courant rapidement à travers le gazon.

– Est-ce vous, Smith ?

– Allô, Hastie !

– Pour l'amour de Dieu, venez vite ! Le jeune Lee s'est noyé ! Voici Harrington, de King's, qui apporte la nouvelle. Le docteur est absent. Vous le remplacerez, mais venez de suite… Il vit peut-être encore…

– Avez-vous du brandy ?

– Non.

– Je vais en prendre un peu. Il y en a un flacon sur ma table.

Smith remonta l'escalier quatre à quatre, prit le flacon, et redescendit l'escalier en l'emportant, mais au moment où il passait devant la chambre de Bellingham, son regard tomba sur le palier, et il vit une chose qui le laissa interdit.

La porte qu'il avait fermée derrière lui était maintenant ouverte, et droit en face, éclairé par la lampe, était le sarcophage de la momie.

Trois minutes auparavant il était vide.

Cela, il pouvait le jurer.

Actuellement, il encadrait le corps décharné de son horrible occupant, dressé, raide et menaçant, sa face racornie, noire, tournée vers la porte.

La momie était inerte et sans vie, mais il semblait à Smith, tandis qu'il la regardait, qu'une lueur furtive de vitalité subsistait encore, qu'un signe à peine sensible de conscience luisait dans ces petits yeux au fond du creux des orbites.

Il était tellement ahuri et ému qu'il en oubliait sa mission et il était encore à regarder cette figure creuse, décharnée, lorsque la voix de son ami, venant d'en bas, le rappela à lui-même.

— Venez-donc, Smith ! lui criait-il. Il s'agit de vie ou de mort, vous savez, hâtez-vous !

— Enfin, vous voilà ! ajouta-t-il lorsque l'étudiant en médecine reparut. Courons. C'est bien à un mille d'ici, et il nous le faut franchir en cinq minutes. Une vie humaine vaut plus qu'une course pour une coupe.

Ensemble, ils s'élancèrent dans l'obscurité et ne s'arrêtèrent, haletants et épuisés que lorsqu'ils eurent atteint la petite villa au bord de la rivière.

Le jeune Lee, flasque et ruisselant d'eau comme une plante aquatique brisée, était étendu sur un canapé, de la mousse verte de la rivière sur ses cheveux noirs, une frange d'écume blanche sur ses lèvres d'un gris de plomb.

À côté de lui, était agenouillé son camarade d'études Harrington, s'efforçant de rappeler quelque chaleur dans ses membres.

— Je crois qu'il vit encore, dit Smith, la main appuyée sur la poitrine du jeune homme. Mettez votre verre de montre contre ses lèvres. Oui, on y voit une buée… Prenez un bras, Hastie. Maintenant faites comme moi, et nous le tirerons bientôt de là.

Pendant dix minutes, ils travaillèrent en silence, soulevant et comprimant la poitrine du jeune patient inconscient.

Au bout de ce temps, un frisson parcourut son corps, ses paupières tremblèrent et il ouvrit les yeux.

Les trois étudiants poussèrent un irrésistible cri de joie.

– Réveillez-vous, vieux camarade, vous nous avez fait peur.

– Prenez un peu de brandy, prenez-en une gorgée à même le flacon,

– Tout va bien, maintenant, dit son compagnon, Harrington. Ciel ! quelle peur j'ai eue. J'étais en train de lire là, et il était sorti pour faire un tour près de la rivière, lorsque j'entends un cri et le bruit d'un corps tombant dans l'eau. Je courus dehors, et avant que je pusse le trouver et le repêcher, toute vie semblait l'avoir abandonné. Puis, Simpson ne put aller trouver le docteur, car il boitait d'un pied. Je dus courir, et sans vous, mes amis, je ne sais ce que j'aurais fait. Tout va bien, vieux camarade, asseyez-vous. Monkhouse Lee s'était soulevé sur ses mains et regardait autour de lui, d'un air égaré.

– Qu'y a-t-il donc ? demanda-t-il. Je suis tombé dans l'eau. Ah ! oui, Je m'en souviens.

Une expression de frayeur parut dans ses yeux, il cacha sa figure entre ses mains.

– Comment êtes-vous tombé ?

– Je ne suis pas tombé.

– Comment, alors ?

– J'ai été jeté à l'eau. Je me tenais près du bord, et quelque chose par derrière, m'a soulevé comme une plume et m'a lancé à l'eau. Je n'ai rien entendu, je n'ai rien vu. Mais, je sais parfaitement ce que c'est.

– Et moi aussi, murmura Smith.

Lee lui lança un rapide regard de surprise.

– Vous avez donc appris ? dit-il. Vous vous souvenez du conseil que je vous ai donné ?

– Oui, et je commence à croire que je dois le suivre.

– Que le diable m'emporte si je comprends ce que vous dites, mes amis, dit Hastie ; mais je pense qu'à votre place, Harrington, je mettrais Lee au lit tout de suite. Il sera alors temps de discuter sur les causes, lorsqu'il sera un peu plus fort.

Je pense, Smith, que vous et moi pouvons le laisser seul. Je retourne au collège, si vous allez dans cette direction, nous pourrons causer.

Mais ils causèrent peu, chemin faisant.

L'esprit de Smith était trop rempli par les incidents de cette soirée.

L'absence de la momie de la chambre de son voisin, les pas qu'il avait entendus dans l'escalier tout près de lui, le retour, l'extraordinaire retour de l'affreux objet ; puis, l'attaque dont Lee fut victime, correspondant de si près à la tentative antérieure faite contre un homme à qui Bellingham gardait rancune… Tout cela se fixait dans son esprit, en même temps que de nombreux petits incidents qui l'avaient prédisposé contre son voisin, ainsi que les singulières circonstances dans lesquelles il fut appelé près de lui la première fois.

Ce qui n'avait été qu'un vague soupçon, une conjecture indistincte et fantastique avait tout à coup pris forme et se présentait à son esprit comme un fait menaçant, une chose qui ne pouvait être niée.

Et cependant, comme c'était monstrueux, inouï ! comme cela sortait des bornes de toute connaissance humaine !...

Un juge impartial, et même l'ami qui cheminait près de lui, lui diraient simplement que ses yeux l'avaient trompé, que la momie avait toujours été là, que le jeune Lee était tombé à la rivière comme tout autre homme peut tomber dans une rivière, et qu'une pilule bleue est la meilleure chose pour un foie malade.

Il comprenait qu'il en dirait tout autant si les rôles étaient renversés.

Et cependant, il pourrait jurer que Bellingham était à ses yeux, devant sa conscience, un assassin, et qu'il se servait d'une arme qu'aucun homme n'avait jamais employée dans toute la hideuse histoire du crime.

Hastie l'avait quitté pour se rendre à sa chambre, après quelques commentaires indirects sur le peu de sociabilité de son ami ; et Abercrombie Smith traversa le carré vers sa tour d'angle, avec un sentiment accentué de répulsion pour sa chambre et tout ce qui s'y rattachait.

Il voulait suivre le conseil de Lee et déménager le plus tôt possible ; car, comment un homme pouvait-il travailler, l'oreille toujours tendue vers un murmure ou un bruit de pas au-dessous de lui ?

Il remarqua en traversant le gazon, que la lumière brillait encore à la fenêtre de Bellingham, et au moment où il passait sur le palier, la porte s'ouvrit, et l'homme lui-même le regarda.

Avec un visage gras, mauvais, il avait l'air de quelque grosse araignée qui vient de tisser sa toile empoisonnée.

— Bonsoir, dit-il, ne voulez-vous pas entrer ?

— Non, répondit brutalement Smith.

— Non ? Vous êtes pressé, comme toujours. Je voulais vous demander quelque chose au sujet de Lee. J'ai appris avec peine que le bruit courait qu'il lui était arrivé un malheur…

Ses traits étaient graves, mais il y avait quelque chose d'ironique dans son regard, tandis qu'il parlait. Smith le remarqua et aurait voulu l'abattre pour châtier cette moquerie.

— Vous apprendrez avec plus de peine encore que Monkhouse Lee se porte très bien et ne court aucun danger, répondit-il. Vos trucs infernaux n'ont pas réussi cette fois. Oh ! n'essayez pas de payer d'effronterie… Je suis au courant de tout.

Bellingham s'éloigna d'un pas de l'étudiant en courroux et ferma à moitié la porte comme pour se protéger.

— Vous êtes fou, dit-il, qu'est-ce vous voulez dire ? Voulez-vous faire entendre que je suis pour quelque chose dans l'accident survenu à Lee ?

— Oui ! tonna Smith ; vous et ce sac d'os derrière vous. Vous avec combiné cela entre vous. Je vous dis ce qui est, Monsieur Bellingham. On ne brûle plus les gens de votre espèce, mais nous avons encore un bourreau qui pend, et par Saint Georges ! si quelqu'un dans ce collège trouve la mort tandis que vous serez ici, je vous verrai en l'air, et si vous ne vous y balancez pas, ce ne sera pas de ma faute… Vous verrez que vos sales trucs égyptiens ne peuvent avoir cours en Angleterre.

— Vous êtes un fou enragé, dit Bellingham.

– Très bien… Mais souvenez-vous de ce que je viens de vous dire, car vous verrez que je vaux encore mieux que ma parole.

La porte claqua et Smith, en fureur, remonta à sa chambre.

Il ferma la porte à l'intérieur et passa la moitié de la nuit à fumer dans sa vieille pipe de bruyère et à songer aux étranges événements de cette soirée.

IX

Le lendemain matin, Abercrombie Smith n'eut aucune nouvelle de son voisin, mais Harrington vint le voir dans l'après-midi, pour lui dire que Lee était presque revenu à son état normal.

Toute la journée, Smith s'appliqua à son travail, mais dans l'après-midi, il résolut de faire à son ami, le Dr. Peterson, la visite pour laquelle il était parti la veille. Une bonne promenade et une conversation amicale seraient les bienvenues pour ses nerfs surmenés.

La porte de Bellingham était fermée quand il passa sur le palier, mais, jetant un coup d'œil en arrière, lorsqu'il fut à quelque distance de la tour, il vit la tête de son voisin qui se dessinait sur la fenêtre à la lumière de la lampe.

Le visage paraissait appliqué contre la vitre, comme s'il regardait dehors dans l'obscurité. C'était un plaisir que d'être loin de son contact, ne fut-ce que pour quelques heures…

Smith marcha rapidement, emplissant ses poumons de l'air doux du printemps.

Le disque de la lune à moitié éclairé se levait entre deux tours gothiques et répandait sur la lueur argentée de la rue des festons sombres projetés par les édifices de pierre qui la bordaient.

Il régnait une brise fraîche et légère.

Des nuages floconneux couraient rapidement à travers le ciel.

La Vieille était sur la limite même de la ville, et en cinq minutes, Smith se trouva au delà des maisons, et entre les deux haies d'une ruelle aux senteurs de mai du comté d'Oxford.

C'était une rue solitaire et peu fréquentée que celle qui conduisait à la demeure de son ami.

Quoiqu'il fût de bonne heure, Smith ne rencontra pas une âme sur son chemin.

Il marcha d'un pas alerte jusqu'à la porte de l'avenue qui s'ouvrait sur une longue allée sablée conduisant à Irlingford.

En face de lui, il apercevait l'agréable lumière des fenêtres brillant à travers le feuillage.

Il s'arrêta, la main posée sur le loquet de fer de la porte, et il regarda derrière lui, la longue route qu'il venait de parcourir.

Quelque chose venait vers lui rapidement.

L'objet passa à l'ombre de la haie, silencieusement, furtivement.

C'était un personnage sombre, recroquevillé, à peine visible contre l'arrière-plan noir. Le temps de le regarder, et la distance entre eux s'était réduite d'une vingtaine de pas, et il s'approchait rapidement.

Quand il sortit des ténèbres, il lui montra un cou maigre et deux yeux qu'il reverra toujours dans ses rêves.

Il se retourna, et avec un cri de terreur courut pour sauver sa vie, remontant l'avenue. Là se trouvaient les lumières rouges, signes de sécurité, à un jet de pierre de lui.

C'était un fameux coureur, mais jamais il n'avait couru comme il courut ce soir-là.

La lourde porte s'était refermée derrière lui, il l'entendit se rouvrir devant son persécuteur.

Tandis qu'il se précipitait comme un fou à travers la nuit, il entendait un bruit sec et rapide de pas derrière lui.

En jetant un regard rapide en arrière, il vit que cette horreur bondissait comme un tigre sur ses talons, les yeux brillants, un maigre bras étendu en avant.

Dieu merci, la porte était ouverte.

Il voyait le mince rayon de lumière que la lampe projetait dans la salle.

Le bruit s'entendait encore plus près de lui, par derrière.

Il entendait comme un gargouillement rauque, tout près de son épaule.

En poussant un cri, il se lança à travers la porte, la referma violemment et mit le verrou.

Puis, il tomba à moitié évanoui sur un siège.

– Mon Dieu, Smith, qu'y a-t-il ? demanda Peterson paraissant à la porte du bureau.

– Donnez-moi un peu de brandy !

Peterson disparut et revint en hâte avec un verre et une carafe.

– Vous en avez besoin, dit-il, lorsque son visiteur eût bu ce qu'il lui avait versé… Eh bien, mon ami, vous êtes plus blanc qu'un fromage…

Smith déposa son verre, se leva et respira profondément.

– Je suis redevenu moi-même, dit-il, je n'avais jamais éprouvé semblable émotion. Mais avec votre permission, Peterson, je vais coucher ici ce soir, car je ne pourrais affronter de nouveau cette route, si ce n'était en plein jour. C'est de la faiblesse, je le sais, mais je ne puis la surmonter.

Peterson regarda son visiteur d'un œil interrogateur.

– Certainement, vous coucherez ici si vous voulez. Je vais dire à Mrs. Burney de vous préparer un lit de fortune. Que vous est-il arrivé ?

– Venez avec moi en haut, à la fenêtre qui domine la porte. Il faut que vous voyiez ce que j'ai vu.

Ils montèrent à la fenêtre de la salle supérieure, d'où ils pouvaient surveiller les environs de la maison.

L'allée et les champs, des deux côtés, étaient calmes et tranquilles, baignés par le paisible clair de lune.

– Vraiment, Smith, dit Peterson, il est heureux que je sache que vous êtes un homme sobre. Qu'est-ce qui diable ! peut vous avoir fait peur ?

– Je vais vous le dire. Mais où peut-il être allé ?... Ah ! regardez à présent, regardez. Voyez au coude de la route, juste au delà de la porte...

– Oui, je vois... vous n'avez pas besoin de me pincer le bras. Je vois passer quelqu'un. Je dirai même que c'est un homme plutôt mince, à ce qu'il me semble, et grand, très grand. Et que voyez-vous ?... Vous voilà encore tremblant comme une feuille.

– J'ai été entre les griffes du diable, voilà tout. Mais descendons à votre bureau... je vais vous raconter toute l'histoire.

Ainsi fit-il.

Sous la lumière agréable de la lampe, avec un verre de vin sur la table, devant lui, et en face de son ami, Smith raconta, dans leur ordre, tous les événements, grands et petits, qui avaient formé un si singulier enchaînement depuis la nuit où il avait trouvé Bellingham évanoui en face de la momie, jusqu'à l'affreuse épreuve d'une heure auparavant.

– Eh bien, maintenant, dit-il en terminant, voilà toute cette ténébreuse affaire. Elle est monstrueuse, et incroyable, mais elle est vraie.

Le Dr. Plumptree Peterson resta assis, quelque temps silencieux, la physionomie reflétant un grand embarras.

– Je n'ai jamais entendu parler de rien de semblable dans ma vie... Non jamais, dit-il enfin. Vous m'avez raconté les faits... Maintenant, faites-moi connaître vos conclusions.

– Vous pouvez les tirer vous-même.

– Mais je voudrais entendre les vôtres. Vous avez réfléchi sur ce sujet, moi non.

– Eh bien, il peut y avoir un peu de vague dans le détail, mais les points principaux me semblent assez clairs. Ce Bellingham, dans ses études orientales, a trouvé quelque secret infernal, par lequel une momie, ou peut-être cette momie en particulier, peut être temporairement rappelée à la vie. Il s'essayait à cette répugnante besogne la nuit où il s'est évanoui. Il n'y a pas de doute que la vue de cette créature se remuant, n'ait attaqué ses nerfs, même alors qu'il s'y attendait. Vous vous rappelez que les premières paroles qu'il prononça furent pour se traiter lui-même de sot. Eh bien, il s'est aguerri par la suite et a réalisé la chose sans s'émouvoir. La vitalité qu'il pouvait lui communiquer n'était évidemment que passagère, car je l'ai vue continuellement dans son coffre, aussi morte que cette table. Il possède, j'imagine, quelque procédé par lequel il réalise cette résurrection. L'ayant fait, il a pensé naturellement à se servir de cette créature comme d'un agent. Elle a de l'intelligence, et elle a de la force. Dans quelque but, il a pris Lee comme confident ; mais Lee en bon chrétien, n'a rien voulu savoir de cette affaire. Alors, ils se sont disputés, et Lee déclara qu'il ferait connaître à sa sœur le vrai caractère de Bellingham. Le jeu de Bellingham était de l'empêcher d'agir ainsi, et il s'est arrangé pour lancer cette créature sur son chemin. Il avait déjà fait l'essai du pouvoir de sa momie sur un autre homme, Norton, contre qui il avait des griefs. C'est par pur hasard qu'il n'a pas déjà deux meurtres sur la conscience. Alors, comme je lui fis des reproches sur ce sujet, il avait les plus fortes raisons pour m'écarter de son chemin avant que je pusse communiquer ce que je savais à quelque autre personne. Il trouve l'occasion lorsque je sortis, car il connaissait mes habitudes et savait où j'allais. Je l'ai échappé belle, Peterson, et c'est par une pure chance que vous ne me trouverez pas demain matin gisant sur votre seuil. Je ne suis généralement pas nerveux, et je n'aurais cru éprouver une crainte mortelle pareille à celle que j'ai eue ce soir.

– Mon cher garçon, vous prenez les choses trop au sérieux, dit son compagnon. Vos nerfs sont déjà fatigués par votre travail et vous abusez d'eux. Comment une chose comme celle-là pourrait-elle traverser les murs d'Oxford, même la nuit sans être remarquée ?...

– On l'a remarquée. Il y a une histoire de singe échappé qui court la ville, on suppose que c'en est un... C'est le sujet de conversation du pays...

– Eh bien, les événements s'enchaînent d'une manière frappante. Et cependant, mon cher camarade, vous avouerez que chaque incident en lui-même est susceptible d'une explication plus naturelle.

– Comment, même mon aventure de ce soir ?

– Vous êtes sorti avec les nerfs tendus et la tête pleine de vos théories. Un vagabond maigre, affamé, se glissa derrière vous, et, vous voyant courir, s'enhardit à vous poursuivre... Votre frayeur et votre imagination ont fait le reste.

– Je ne l'admets pas, Peterson, je ne l'admets pas.

– D'autre part, lorsque vous avez trouvé le sarcophage de la momie vide et que quelques instants après vous l'avez revu occupé, vous savez que c'était à la lumière d'une lampe, et la lampe était baissée... vous n'aviez aucun motif particulier pour fixer votre regard sur le sarcophage, et il est très possible que vous n'ayez pas aperçu cette créature dans le premier cas.

– Non, non, il n'y a pas de doute là-dessus.

– Puis, Lee a très bien pu tomber tout seul à la rivière... Norton avoir été victime d'un étrangleur. C'est certainement une accusation formidable que vous lancez contre Bellingham. Mais si vous la portiez devant un magistrat, il vous rirait simplement à la figure :

– Je sais qu'il le ferait. C'est pour cela que je me propose de prendre la chose en mains propres.

– Eh !

– Oui, je sens qu'un devoir envers la société m'incombe. En outre, je dois le faire pour ma propre sécurité, à moins que je ne préfère me laisser chasser du collège par cet animal. Ce serait un peu trop de faiblesse. J'ai bien réfléchi à ce que je dois faire. Et tout d'abord, puis-je me servir de votre papier et de votre plume pendant une heure.

– Il n'y a pas de doute. Vous trouverez tout ce dont vous avez besoin sur cette table.

Abercrombie Smith s'assit devant une feuille de papier blanc et, pendant une heure, puis une heure encore, sa plume courut rapidement sur les feuilles.

Elles s'amoncelèrent à mesure qu'elles étaient remplies, tandis que son ami, appuyé sur un fauteuil, l'examinait avec une patiente curiosité.

Enfin, avec une exclamation de satisfaction, Smith se redressa, ramassa ses papiers, les mit en ordre, et quand il eut déposé la dernière page sur le bureau de Peterson :

– Ayez la bonté de signer cela comme témoin, dit-il.

– Témoin ? De quoi ?

– De ma signature et de la date. La date est ce qu'il y a de plus important. Car, Peterson, mon existence peut en dépendre.

– Mon cher Smith, vous parlez comme un homme égaré. Permettez-moi de vous prier de vous mettre au lit.

– Au contraire, je n'ai jamais parlé avec autant de pondération dans ma vie. Et je vous promets d'aller me coucher dès que vous aurez signé.

– Mais qu'est-ce que c'est ?

– C'est le récit de tout ce que je vous ai dit ce soir. Je désire que vous en témoigniez.

– Certainement, dit Peterson, en mettant son nom au-dessous de celui de son compagnon. Voilà… mais quelle est votre idée ?

– Vous voudrez bien le garder, et le présenter dans le cas où je serais arrêté.

– Arrêté ? Pourquoi ?

– Pour meurtre. C'est fort possible, et je veux être préparé pour tout événement. Je n'ai qu'une voie ouverte devant moi, et je suis déterminé à la suivre.

– Pour l'amour de Dieu, ne commettez pas d'imprudence.

– Croyez-moi, il serait beaucoup plus imprudent d'agir autrement. J'espère que nous n'aurons pas besoin de vous ennuyer, mais j'aurai l'esprit beaucoup plus tranquille si je sais que vous êtes en possession de cette explication de mes mobiles. Maintenant je suis prêt à suivre votre conseil, et à aller dormir, car il faut que je sois tout à fait dispos demain matin.

X

Abercrombie Smith n'était pas un homme qu'il fût agréable d'avoir pour ennemi.

Lent, d'un caractère facile, il devenait terrible lorsqu'on le poussait à entrer en action.

Dans tous les actes de sa vie, il apportait la même résolution qui le faisait remarquer comme étudiant.

Il avait abandonné ses études pour un jour, et il ne voulait pas que ce jour fut dépensé en vain.

Il ne dit pas un mot à son hôte de ses projets, mais, à neuf heures, il était sur le chemin d'Oxford. Dans High Street, il s'arrêta chez Clifford, l'armurier, et acheta un lourd revolver et une boîte de cartouches à percussion centrale.

Il en glissa six dans le magasin et, armant à moitié le chien, il mit l'arme dans la poche de son habit.

Il se dirigea alors vers la chambre d'Hastie, où le gros canotier flânait devant son déjeuner, le Sporting Times appuyé contre la cafetière.

— Holà ! qu'y a-t-il ? demanda-t-il. Voulez-vous du café ?

— Non, merci ; j'ai besoin que vous veniez avec moi, Hastie, et que vous fassiez ce que je vous demanderai.

— Certainement, mon cher.

— Emportez un bon bâton.

— Parfait ! dit Hastie avec étonnement ; j'ai là un fouet de chasse qui abattrait un bœuf.

— Autre chose encore : vous avez une trousse de couteaux pour amputations. Donnez-moi le plus long.

– Voilà. Vous m'avez l'air d'être bel et bien sur le sentier de la guerre. Faut-il autre chose ?

– Non, cela fera l'affaire.

Smith plaça le couteau à l'intérieur de son habit, et se dirigea vers le carré.

– Nous ne sommes ni l'un ni l'autre des enfants, Hastie, dit-il. Je pense que j'agirai seul, mais je vous emmène par précaution... Je vais avoir une petite conversation avec Bellingham. Si je n'ai affaire qu'à lui, je n'aurai naturellement pas besoin de vous... Si cependant j'appelle, montez et tapez avec votre fouet tant que vous pourrez. Comprenez-vous ?

– Parfaitement. Je viendrai si je vous entends beugler.

– Alors, restez ici ; je ne serai peut-être pas longtemps ; mais ne bougez pas jusqu'à ce que je sois redescendu.

– Je ne bouge pas.

Smith monta l'escalier, ouvrit la porte de Bellingham et pénétra dans la chambre.

Bellingham était assis à sa table, écrivant.

Près de lui, dans l'amas des étranges objets en sa possession, apparaissait le sarcophage de la momie, avec son numéro de vente, No. 249, encore collé sur le bois, et son hideux occupant, ferme, raide, à l'intérieur.

Smith regarda délibérément autour de lui, ferma la porte à clef à l'intérieur, enleva la clef et s'avança vers la cheminée.

Il frotta une allumette et alluma le feu.

Bellingham assis, le regarda, sa figure bouffie reflétant l'étonnement et la colère.

– Eh bien ! vous faites vraiment comme chez vous, dit-il.

Smith s'assit sans aucun embarras et plaçant sa montre sur la table, tira son pistolet, l'arma et l'appuya sur sa cuisse.

Il tira alors le long couteau d'amputation de son ami et le jeta en face de Bellingham.

– Maintenant, dit-il, à l'ouvrage ! Découpez la momie….

– Ah ! c'est cela, dit Bellingham d'un air moqueur.

– Oui, c'est cela. On m'a dit que la loi ne pouvait rien contre vous. Mais j'ai une loi qui va redresser les choses. Si dans cinq minutes, vous ne vous êtes pas mis à l'œuvre, je jure, par le Dieu qui m'a créé, que je vous envoie une balle dans la tête…

– Vous m'assassineriez ?

Bellingham s'était levé.

Son visage était couleur de mastic.

– Oui !

– Et pourquoi ?

– Pour mettre fin à vos méfaits. Il y a une minute de passée…

– Mais qu'ai-je fait ?

– Je le sais, et vous le savez.

– C'est une pure intimidation.

– Deux minutes sont passées…

– Mais vous devez me donner des raisons… Vous êtes un fou… un fou dangereux…. Pourquoi détruirais-je ce qui m'appartient ? C'est une momie de valeur.

– Il faut la découper et la brûler.

– Je n'en ferai rien.

– Quatre minutes sont passées…

Smith saisit son arme et dirigea vers Bellingham un visage inexorable.

Tandis que l'aiguille des secondes faisait le tour du cadran, il leva le bras et le doigt toucha la gâchette.

– Bien, bien ! cria Bellingham. Je vais le faire.

Avec une hâte fébrile, il prit le couteau et hacha la figure de la momie, regardant toujours autour de lui pour voir si le regard et l'arme de son terrible visiteur étaient toujours dirigés vers lui.

La momie craquait et tombait en morceaux à chaque coup de l'arme tranchante.

Une poussière jaune épaisse s'en dégageait.

Des épices et des essences sèches tombaient en pluie sur le sol.

Soudain, avec un fracas qui résonna dans la salle d'études, la colonne vertébrale tomba sur le parquet et une pluie de membres noirâtres l'accompagna.

– Maintenant, au feu ! dit Smith.

Les flammes s'élancèrent et grondèrent, lorsque les débris secs et semblables à de l'amadou y furent jetés.

La pièce avait pris l'aspect de la chambre de chauffe d'un steamer.

La sueur coulait sur le visage des deux hommes. Mais l'un se courbait et travaillait, tandis que l'autre, assis, le surveillait, le visage tranquille.

Une fumée épaisse s'élevait du foyer incandescent.

Une forte odeur de résine brûlée et de cheveux roussis se répandait dans l'air. En un quart d'heure, il ne restait plus du No. 249 que quelques bâtonnets carbonisés et fragiles.

– Peut-être cela vous satisfait-il ? grogna Bellingham, tandis qu'il lançait à son persécuteur un regard de ses petits yeux gris où se lisaient la haine et la crainte.

– Non. Il me faut faire un nettoyage complet de votre matériel. Nous ne voulons plus de trucs diaboliques. Au feu toutes ces feuilles ! Elles peuvent avoir quelque rapport avec votre sorcellerie…

– Et quoi encore ? demanda Bellingham, lorsque les feuilles eurent été jetées dans les flammes.

– Maintenant, le rouleau de papyrus que vous aviez sur la table cette nuit-là. Il est dans le tiroir, je crois ?

– Non, non ! cria Bellingham. Ne brûlez pas cela. Vous ne savez pas ce que vous faites. Il est unique ; il recèle une sagesse que l'on ne rencontrerait nulle part ailleurs.

– Qu'il disparaisse !

– Mais, voyons, Smith, vous ne pouvez réellement vouloir cela. J'en partagerai la connaissance avec vous. Je vous enseignerai tout ce qu'il renferme… Ou bien, laissez-moi du moins le copier avant de le brûler…

Smith fit quelques pas en avant, tourna la clef du tiroir.

Il prit le rouleau de papyrus jauni et recroquevillé, le jeta dans le feu et appuya dessus avec son talon.

Bellingham poussa un cri et essaya de s'en emparer ; mais Smith le repoussa et resta près du foyer jusqu'à ce que le papyrus fut réduit en cendres grisâtres.

– Maintenant, maître Bellingham, je crois que je vous ai bien limé les dents. Vous entendrez encore parler de moi si vous revenez à vos vieux trucs… Bonjour, maintenant, car il me faut retourner à mes études !

XI

Tel est le récit d'Abercrombie Smith sur les singuliers événements qui advinrent au vieux collège d'Oxford au printemps de 1884.

Comme Bellingham quitta l'Université immédiatement après et qu'on apprit qu'il était au Soudan, il n'y a personne qui puisse contredire les faits allégués.

Mais la sagesse de l'homme est minime, et les voies de la nature sont étranges… Et qui peut imposer une limite aux choses ténébreuses que trouvent ceux qui les cherchent ?…